CADA BICHO TEM SEU CANTO 3
ANIMAIS MARINHOS

Copyright © 2023, Laís de Almeida Cardoso
Todos os direitos desta edição reservados à Editora Volta e Meia.

Editora Volta e Meia Ltda.
Rua Engenheiro Sampaio Coelho, 111
04261-080 – São Paulo – SP
Fone: (11) 2215-6252
www.editoranovaalexandria.com.br

Textos: Laís de Almeida Cardoso
Capa e ilustrações: Rafael Limaverde
Revisão: Laís de Almeida Cardoso
Coordenação Editorial: Rosa Maria Zuccherato
Editoração Eletrônica: Mauricio Mallet Art&Design

Dados Internacionais de Catalogação na Publicação (CIP)
Pedro Anizio Gomes - CRB-8 8846

C268c   Cardoso, Laís de Almeida

         Cada bicho tem seu canto 3 – Animais marinhos / Laís de Almeida Cardoso; Ilustrações de Rafael Limaverde. – 1.ed. São Paulo, SP : Volta e Meia, 2023.
         64 p.; il.; 21 x 21 cm. (Coleção Cada bicho tem seu canto, v. 3).

         ISBN: 978-65-89427-27-8

         1. Animais. 2. Livro Ilustrado. 3. Livro Musical. 4. Oceano.
         I. Título. II. Assunto. III. Autora.

                                                                              CDD 028.5
                                                                             CDU 087.5(81)

Índices para catálogo sistemático:
        1. Literatura Brasileira: Infantojuvenil.
        2. Literatura: Infantojuvenil, livros para crianças, livros de figuras (Brasil).

Os 28 poemas (referentes aos animais do livro) estão sendo musicados, e as canções e os *playbacks* originais estarão disponíveis em breve na plataforma SoundCloud, podendo ser acessados por meio do QR Code no final do livro.
Os poemas e algumas melodias são de autoria de Laís de Almeida Cardoso, com músicas e arranjos musicais de Paulo Marcos da Conceição, voz de Maria Luísa Ribeiro Conceição e consultoria musical de Yooko Yamanaka Konishi.
Os leitores interessados em adquirir as partituras das músicas podem entrar em contato com a Editora Volta e Meia Ltda.

Este livro é dedicado à memória do nosso querido Paulo Roberto Zuccherato.

CADA BICHO TEM SEU CANTO 3
ANIMAIS MARINHOS

LAÍS DE ALMEIDA CARDOSO

ILUSTRAÇÕES
RAFAEL LIMAVERDE

1ª EDIÇÃO - SÃO PAULO - 2023

SUMÁRIO

APRESENTAÇÃO	5		LONTRA-MARINHA	36
VIDA MARINHA	6		LULA-GIGANTE	38
ÁGUA-VIVA	8		MOREIA	40
ALBATROZ	10		NARVAL	42
BAIACU	12		ORCA	44
BALEIA-AZUL	14		PATOLA-DE-PÉS-AZUIS	46
BELUGA	16		PEIXE-LUA	48
BOLACHA-DA-PRAIA	18		PEIXE-PALHAÇO	50
CARANGUEJO	20		PEIXE-SERRA	52
CAVALO-MARINHO	22		PELICANO	54
CORAL-CÉREBRO	24		POLVO	56
ELEFANTE-MARINHO	26		RAIA	58
ESTRELA-DO-MAR	28		TARTARUGA MARINHA	60
FOCA	30		TUBARÃO	62
GAIVOTA	32		BIOGRAFIAS	64
GOLFINHO	34			

Caros leitores,

Neste livro apresentamos a vida marinha como você nunca viu. A série "Cada bicho tem seu canto" chega ao seu terceiro volume para revelar as belezas do mar e das suas interessantes criaturas por meio de poesia, música e lindas ilustrações!

Aqueles que pensam que os animais marinhos vivem apenas sob as ondas do mar vão se surpreender! Neste livro, além dos bichos que habitam as profundezas do oceano, apresentamos espécies que circulam por diferentes ambientes: as praias, as pedras, a água e o ar.

Nas próximas páginas, vocês encontrarão 28 animais marinhos, incluindo representantes dos peixes, aves, répteis e mamíferos, além de várias espécies de invertebrados.

No final do livro, incluímos um QR Code que permite o acesso à nossa *playlist*, para que vocês possam acompanhar a leitura com muita música e ritmo bom!

Um abraço!

VIDA MARINHA

A VIDA MARINHA
BRILHA NA AREIA
BRILHA NAS ÁGUAS
NAS PEDRAS
NO AR
A VIDA MARINHA
VAI E VEM COM AS ONDAS
E ASSIM NOS CONVIDA
A CONTEMPLAR A BELEZA
DO MAR

ÁGUA-VIVA

A ÁGUA-VIVA
PARECE GELATINA

E SEU CORPO ARREDONDADO
É COMO A SAIA BEM RODADA
DE UMA BAILARINA

ALBATROZ

EI, ALBATROZ
QUE TAL VER O MUNDO
ACIMA DAS NUVENS
PLANANDO NO AR?

IMAGINO QUE SEJA
UMA GRANDE BELEZA
ENXERGAR LÁ DE CIMA
A GRANDEZA DO MAR

BAIACU

O BAIACU
É UM PEIXE ENGRAÇADO
QUE SE ENCHE DE AR
QUANDO ESTÁ EM PERIGO
SUA CARNE MACIA
PODE SER VENENOSA
É POR ISSO QUE EU DIGO:
– FIQUE LONGE, MEU AMIGO!

BALEIA-AZUL

BALEIA-AZUL
GIGANTE DO MAR
FAZ DO OCEANO
DE ÁGUA SALGADA
SEU DOCE LAR

BELUGA

A bela beluga
baleia tão branca
de olhar tão sereno
parece que ri

Baleia beluga
flutua na água
seu lugar no mundo
é perto de mim

BOLACHA-DA-PRAIA

ESSA BOLACHA
NÃO É DE COMER
SUA PERFEIÇÃO
É DE SE ADMIRAR

É A BOLACHA-DA-PRAIA
QUE ALGUNS AINDA CHAMAM
DE DÓLAR DE AREIA
OU BOLACHA DO MAR

CARANGUEJO

Caranguejo não é peixe
e não anda só para trás
caranguejo gosta mesmo
de sossego e muita paz

Caranguejo não é peixe
nem na enchente da maré
mas cuidado que ele pode
sem querer pegar seu pé!

CAVALO-MARINHO

POCOTÓ, POCOTÓ...
CAVALO-MARINHO
É UM PEIXE PEQUENO
PODE ACREDITAR

SOBE E DESCE NA ÁGUA
SE ENROSCA NAS ALGAS
E ENROLA SUA CAUDA
PRA SE EQUILIBRAR

CORAL-CÉREBRO

De longe parece pedra
De perto parece um cérebro

É o coral
colônia de vida
que vive escondida
no fundo do mar

ELEFANTE-MARINHO

QUE BICHO TÃO GRANDE
ESSE TAL ELEFANTE
QUE VIVE NAS ÁGUAS
GELADAS DO MAR

ELEFANTE-MARINHO
UMA ESPÉCIE INTRIGANTE
QUE MESMO DE LONGE
É CAPAZ DE ASSUSTAR!

ESTRELA-DO-MAR

A ESTRELA-DO-MAR
QUE ENCONTRO NA AREIA
É COMO UM PRESENTE
DE UMA SEREIA

A ESTRELA-DO-MAR
ANIMAL SEM IGUAL
MAIS PARECE UM DESENHO
NUM CARTÃO-POSTAL

FOCA

A FOCA É UM BICHO
BEM DESENGONÇADO
O PESCOÇO É CURTO
O CORPO, ALONGADO

GAIVOTA

Voa, voa, gaivota
dá voltas e voltas no ar
e avista lá do alto
um peixinho a nadar

O peixinho nada, nada
e nada pode adivinhar
quando a esperta gaivota
mergulha certeira no mar!

GOLFINHO

Pula da água
Faz piruetas
Brinca nas ondas
É uma beleza!

Se você tem a sorte
De vê-lo de perto
Já sabe decerto:

O golfinho é artista
Por natureza!

LONTRA-MARINHA

QUEM JÁ REPAROU
NUMA LONTRA-MARINHA
BOIANDO NA ÁGUA
GIRANDO NO MAR
NADANDO DE COSTAS
COM TANTA ESPERTEZA
COM TODA A CERTEZA
VAI SE APAIXONAR!

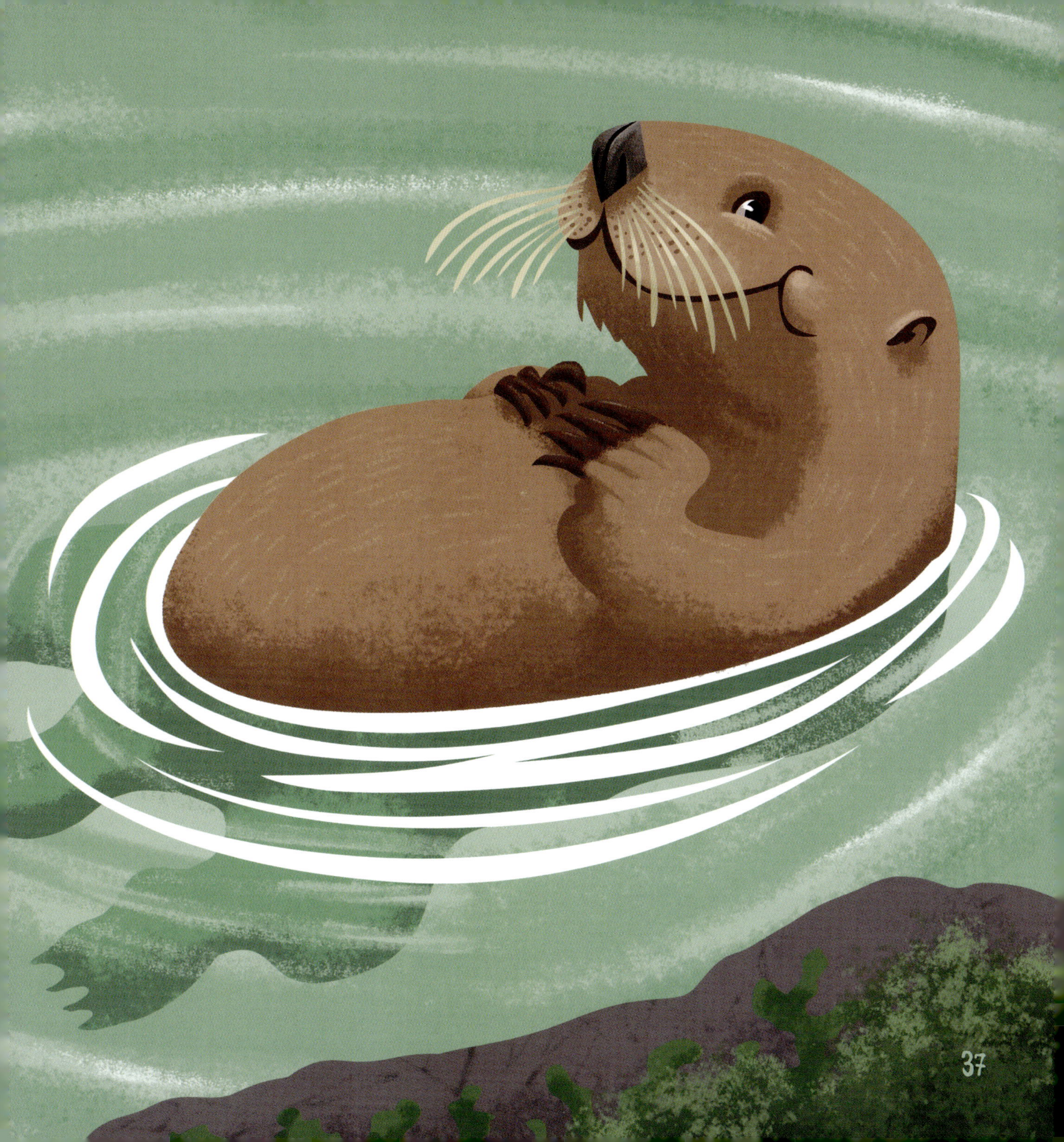

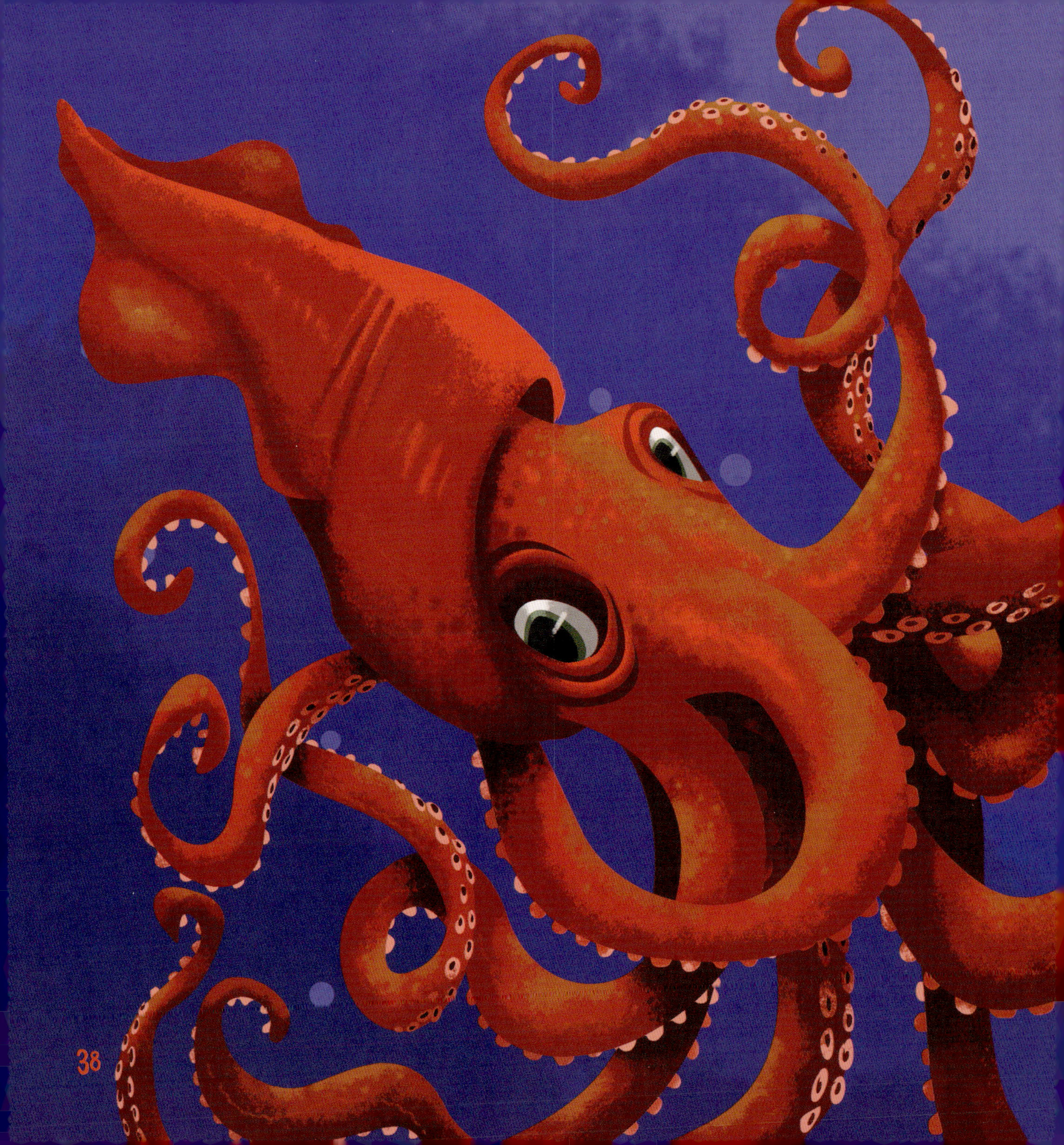

LULA-GIGANTE

OLHA LÁ, OLHA LÁ
UMA LULA TÃO GRANDE
TODA ELEGANTE
SEU CORPO A BAILAR

É NAS PROFUNDEZAS
DOS MARES DISTANTES
QUE ESSE GIGANTE
COSTUMA HABITAR

MOREIA

Aquela moreia
com a boca aberta
dá um susto na gente
é de arrepiar

Seu corpo comprido
parece serpente
que fica na toca
só esperando o almoço passar

41

NARVAL

42

O NARVAL
É UM ANIMAL
TAMBÉM CONHECIDO
POR UNICÓRNIO-DO-MAR

MAS BEM DIFERENTE
DA MITOLOGIA
SEU CHIFRE PONTUDO
NA VERDADE É UM DENTE

VOCÊ JÁ SABIA?

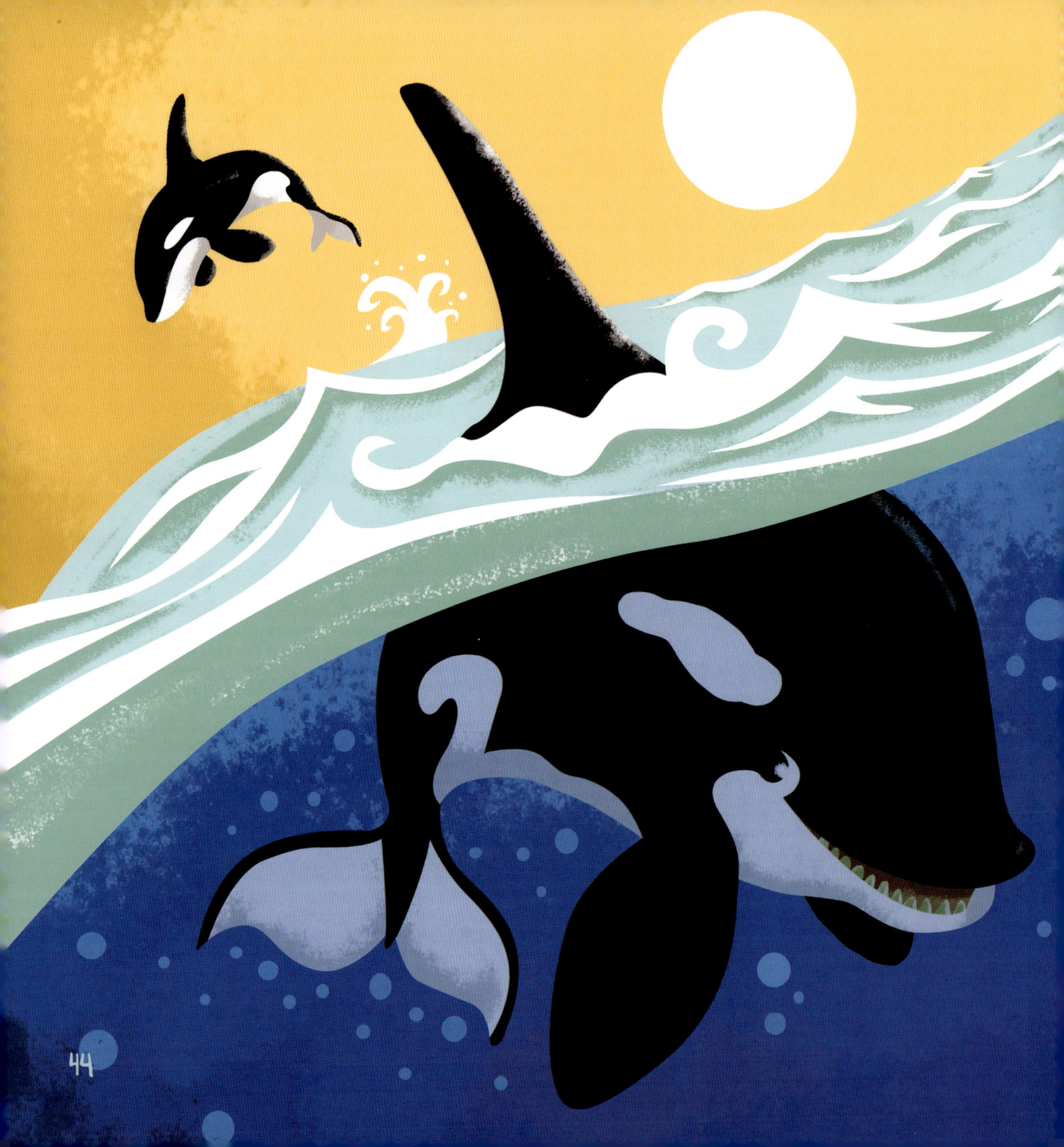

ORCA

Tem gente que pensa
que a orca é baleia
porque seu apelido é
baleia-assassina

Mas a orca é golfinho
golfinho dos grandes
e por seu tamanho
ganhou essa sina

PATOLA-DE-PÉS-AZUIS

Eu vou lhe contar,
não duvide de mim:
numa ilha distante
no meio do mar
há uma ave distinta
de pés tão azuis
que parece que foram
banhados em tinta
pra ficarem assim!

47

PEIXE-LUA

PARA VER UM PEIXE-LUA
NÃO É PRECISO FOGUETE
NEM LUNETA OU TELESCÓPIO
É SÓ MERGULHAR NO MAR

E PROCURAR UM PEIXE GRANDE
DE FORMATO ARREDONDADO
COMO A BELA LUA CHEIA
EM NOITE DE LUAR

49

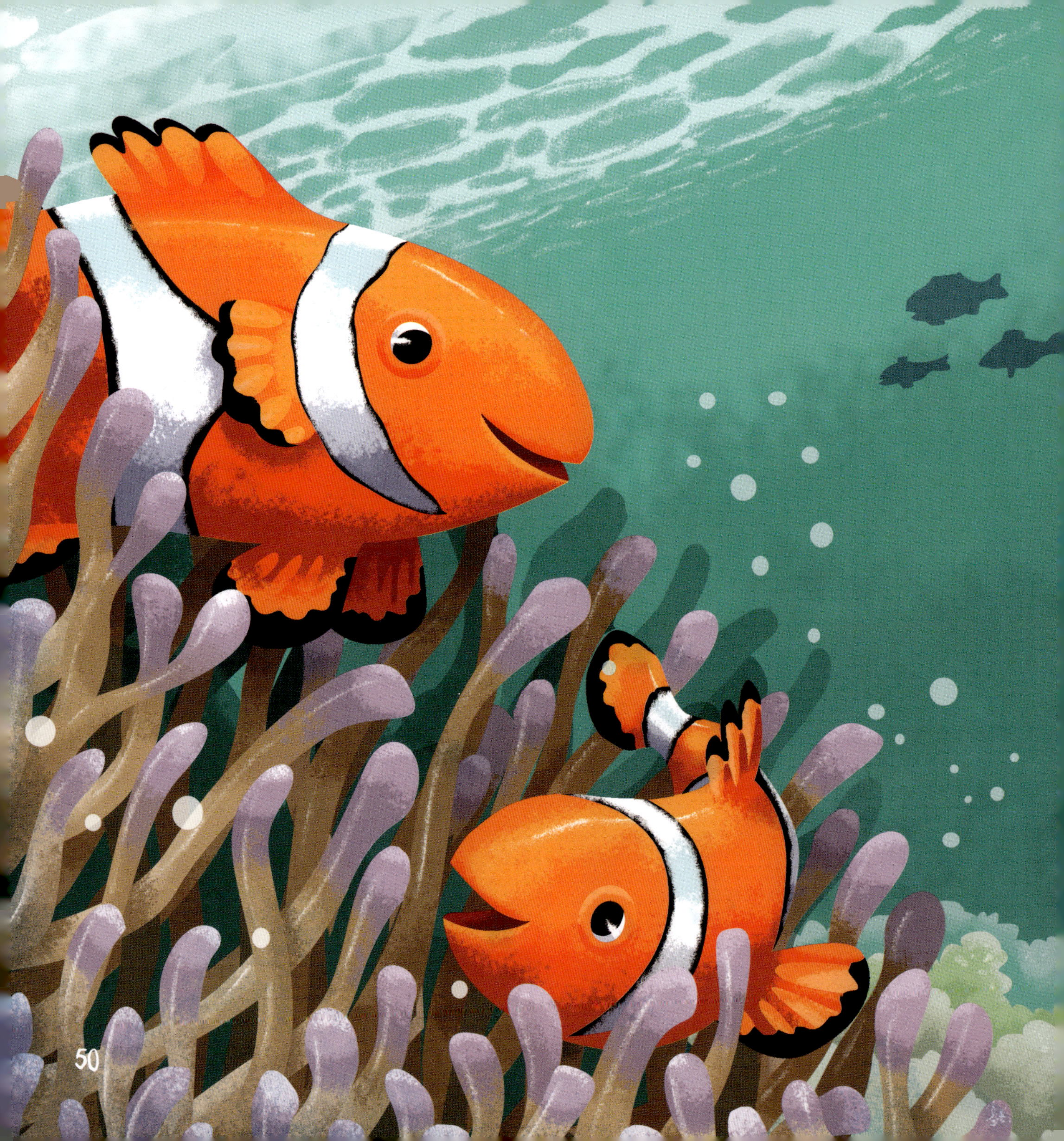

PEIXE-PALHAÇO

O PEIXE-PALHAÇO
NÃO FAZ A GENTE
DAR GARGALHADA
NÃO VIVE NO CIRCO
NÃO FAZ PALHAÇADA

MAS ENCANTA O MUNDO
COM SEU COLORIDO
E DEIXA O MAR
LÁ NO FUNDO
MUITO MAIS BONITO!

52

PEIXE-SERRA

UMA DÚVIDA ME EMPERRA
QUANDO VEJO PELA FRENTE
ESSE GRANDE PEIXE-SERRA

E POR ISSO EU ME INTERPELO:
SERÁ ELE PARENTE
DO TUBARÃO-MARTELO?

54

PELICANO

PESCA O PEIXE
FECHA O BICO
PARA O BICHO
NÃO ESCAPAR

QUE ESPERTO
O PELICANO
TÁ NO PAPO
O SEU JANTAR

POLVO

Já que o polvo
tem oito braços
(veio essa ideia
no pensamento)

Será que os polvos
quando se abraçam
dão quatro abraços
ao mesmo tempo?

57

58

RAIA

SE VOCÊ FUGIR DA RAIA
NÃO VAI CRER QUE ESSE PEIXE
É BONITO QUE SÓ VENDO
QUANDO SAI DO SEU LUGAR

COM SUAVES MOVIMENTOS
VAI NADANDO A DANADA
COMO SE ESTIVESSE VOANDO
BATENDO AS 'ASAS' NO MAR

TARTARUGA MARINHA

TARTARUGA MARINHA
SAI DE DENTRO DO OVO
E CAMINHA NA AREIA
ATÉ A BEIRA DO MAR

TARTARUGA MARINHA
QUE COISINHA MAIS LINDA
ACABOU DE NASCER
E JÁ SABE NADAR

TUBARÃO

Quem não se assusta
ao ver esta fera
de boca tão grande
tão cheia de dentes?

Olha só, minha gente
não vá duvidar
tubarão é o peixe
mais temido do mar!

LAÍS DE ALMEIDA CARDOSO
A ESCRITORA

Olá, meu nome é Laís. Nasci em São Paulo, mas desde pequena sempre frequentei as praias brasileiras. Por causa da minha paixão pelo mar e pela vida marinha acabei me tornando bióloga. Já mergulhei em alguns lugares incríveis tanto no Brasil, como no exterior, incluindo o arquipélago de Fernando de Noronha, o mar do Caribe, a Ilha de Páscoa, as Ilhas Galápagos e as barreiras de corais do México. Procurei trazer neste livro um pedacinho desse encantador universo dos animais marinhos para vocês!

RAFAEL LIMAVERDE
O ILUSTRADOR

Sou paraense, nascido em Belém, mas muito pequeno fui morar no Ceará. Desde cedo sempre fui apaixonado por desenho e bichos. Sonhava em ser biólogo, veterinário e cuidador de zoológico, mas a ilustração foi o caminho que escolhi para trilhar. Sou formado em Artes Visuais, trabalho não só com desenho, mas também com xilogravura, grafite, pintura e escultura. O amor que sinto pelos animais nunca me abandonou, por isso desenhei com muito carinho este livro.
A natureza será sempre a minha maior inspiração.